그리운 사람

그
리
운
사
람

저　　　자 배송제

저작권자 배송제

1판 1쇄 발행 2020년 10월 30일

발 행 처 하움출판사
발 행 인 문현광
교　　　정 김은성
편　　　집 조다영
주　　　소 전라북도 군산시 축동안3길 20, 2층(수송동)
I S B N 979-11-6440-707-1

홈페이지 http://haum.kr/
이 메 일 haum1000@naver.com

좋은 책을 만들겠습니다.
하움출판사는 독자 여러분의 의견에 항상 귀 기울이고 있습니다.

이 도서의 국립중앙도서관 출판예정도서목록(CIP)은 서지정보유통지원시스템 홈페이지(http://seoji.nl.go.kr)와
국가자료종합목록 구축시스템(http://kolis-net.nl.go.kr)에서 이용하실 수 있습니다.(CIP제어번호 : CIP2020044717)

그리운 사람

저자 | 배송제

머리글

가는 길이 힘들고 고단하지만
차마 눈물겹도록 지치고 험할지라도

날 사랑해야 한다는 열정만은
마지막 그날까지 꺾거나 버릴 수 없다

나는 날 죽도록 사랑할 것이요
죽어서까지라도 고이고이 보듬을지니,

꿈을 향한 영혼이 펄펄 끓어 넘치고
소망의 불길 뜨겁게 활활 타오르는 한,

비록 나는 내가 별로지만,
그래도 날 끝내 부둥켜안고 사랑하리라.

2020년 10월 어느 가을날
제3시집 발간 즈음하여, 배송제

차례

그리운 사람

스멀스멀 피어오르는 그리움 안에
주르르르 흘러내리는 안타까움이여
죽도록 영원히 잊지 못할 사람이어라

한 조각 구름조차 그대 모습이요
한 줄기 빗물까지도 그대 손길이며
한 방울 이슬마저도 그대 눈물이어라

반짝거리는 강물의 너울 속에서도
은은한 달빛 그윽한 미소 속에서도
따끈한 찻잔 속에서도 어리는 모습아

구름 따라 지나는 그리움은 아픔이요
강물 따라 흐르는 그리움은 눈물이며
바람 따라 스치는 그리움은 추억이거늘

언제나 내 곁에 머무는 맥박과 숨결
그리울 때마다 포근히 얼싸안는 가슴
다정하게 보듬어 감싸는 그리운 사람아.

10월의 장미꽃 두 송이

이제서야 불타는 사랑을 활활 사르려는가
푹푹 찌는 여름날 천천만만 흐드러지던 그 시절
함께하지 못한 안타까움 늦게라도 달래려는 것인지
마냥 수줍은 듯 한가득 붉은 미소 곁눈질하고 있어라

가까이, 좀 더 가까이, 머물고 싶은
애타는 그리움, 가슴 터지도록 오죽이나 절절하길래-
아, 사랑, 사랑, 사랑일지라
못내 아쉬워 애간장 다 녹아내리는 불타는 연모일리라

기적 같은 필연이리라
눈물겨운 견우와 직녀처럼,
오직 둘이서만 따로 피어 바라보는 은밀한 만남일지니,
아, 그 얼마나 보고 싶고 그리우면,
으스스 소슬바람 옷깃 여미며 붉디붉은 웃음 머금으랴
철철 넘쳐흐르는 환희, 이글거리는 시뻘건 불덩이

만나지 않고는 도저히 견딜 수 없는,
두 얼굴에 넘실거리는 홍조는
영원토록 살그미 주고받길 열망하는 사랑의 불꽃일지라.

가늠할 길 없는

환하게 웃는다 진짜 웃는 걸까
큰 소리로 운다 정말 통곡하는 걸까
웃고 우는 것조차 도무지 믿을 수가 없는,
짙게 드리운 간극의 그림자와 어둑한 그늘들

목 하나 거리인 대갈통과 가슴통엔
농간의 시나리오가 폭풍우처럼 휩쓸고
어떻게 해서든 해치고 죽이고야 말겠다는
온갖 음탕한 술책과 비열한 전략으로 가득하다

안팎이 각양각색의 독버섯 온상인 듯,
위선이 아닌 오롯이 진실이라 소리쳐도
사실을 그대로 죄다 속속들이 밝혔음에도
안 믿는다 불신의 장막 안으로 얼굴을 처박는다.

가을보리는 혹한을 잉태한다

아, 겨우내 그 얼마나
사지를 도려내는 듯 춥디춥고 힘들었던가

어느샌가, 언제 그랬냐는 듯
서러우리만치 혹독한 시련과 고통은 가고

이제 한창 예서제서
알알이 누렇게 영그는 들녘의 보리밭에는

살포시 어르는 보드라운 햇살
따사로운 손길처럼 고이고이 어루만져 감싸고

두루 부드럽게 쓰다듬는
들바람 속에 흥에 겨운 듯 덩실덩실 춤춘다

은밀하게 다정히 숨어 노닐던
종다리 한 쌍 술래잡기하듯 푸드덕 솟아오르고

허수아비 재채기에 놀란
참새 무리는 방정맞게 후루루루 날아오른다

가혹하고 잔인한
혹한을 잉태한 보리밭마다
탐스럽게 익어가는 이삭들로 평화롭고 풍성하다.

달

쌀아서 허물고
또다시 쌓아서 허물고……

더 이상
크지 못할 바에야
차라리 그만 허물어
작아지고 싶은 건가요

아,
그래서 그토록
공들여 쌓은
귀하디귀한 그 몸을

스스로
아프게 도려내는 것이 옵니까.

갈망의 불길

꿈꾸고 바라는 것의 실상은
그 흔적조차 찾을 수 없을지라도
시뻘건 불길은 기운차게 활활 타오르고,

소망을 향한 영혼의 갈증은
꼭 이루겠다는 열정과 투지를 품고
넓고 푸른 창공으로 거세게 솟구쳐 올라…

갈수록 힘겹고 고달플지라도
물러설 수 없는 들끓는 투지는
불타는 갈망의 줄기찬 날갯짓이요
되돌리거나 멈출 수 없는 생명력인 것을.

강물

성폭행이나 추행이 아예 없으니
미투나 위드유는 있을 턱이 없고
서로 가까이 있으나 멀리 있으나
오직 한데 어울려 하나일 뿐이다

하나 되어 함께 섞인 소중한 만남
다투고 욕하며 미워하지 아니하며
찾아오기를 기다리고 있었다는 듯
드넓은 가슴으로 얼싸안고 반긴다

시도 때도 없이 싸우고 물어뜯어
바람 잘 날 없는 육지를 바라보며
아무런 흥미나 관심조차 없다는 듯
맑고 파란 얼굴로 방실방실 웃는다.

애물단지

나약한 자신을 달궈 연단하라
스스로에게 잔인하고 가혹하라
자신과의 싸움이 길이자 생존이다

어렵고 힘들어도 멈출 수 없는
가다 말고 하다 그만둘 수 없는
애물단지와 씨름하는 눈물겨운 결투

스스로 이기는 자가 승리자요
자신을 정복하는 자가 성취자거늘
괴롭지만 처절히 학대하고 고문하라

하지만, 끔찍이 아끼고 사랑하라
원망스럽고 미워도 자기밖엔 없다
자신이 없으면 아무것도 이룰 수 없다.

구구단의 함정

오롯이 맑고 순수하여
아예 여성학개론조차 모르면서
젬병 반푼이 바보 천치 숙맥처럼 행동하고

겨우 구구단 웅얼거리는 수준에
고차원적 페미니즘을 확장시키겠다며
어눌한 말투에 얼뜨기 철학 앞세우다가…

아뿔싸,
이를 어쩐다

숫눈처럼 깨끗해도
불순한 의도가 전혀 없어도
오직 깊이 배려하는 눈빛일지라도
펄펄 끓던 심장 꺼내 보일 수 없지 않는가.

공동묘지

으스스한 이웃 사이,
이승 떠나 하필 우연히 모여
한 동네에 머무는 해괴망측한 인연들이여

서리서리 얽힌
온갖 많고 많은 사연들
저마다 고이고이 쓸어 담은 채
서늘히 웅크린 외롭고 음산한 적막함이여

군림하던 시절 엊그제련만
한 줌 재로, 한 줌 흙인 채로-
들끓던 욕망 다 태우고 버리고 비웠는가
덧없이 허망한 것들…

제발 싸우지들 마라
이웃 욕하거나 미워하지 마라
오로지 영원한 안식과 평화만을 만끽하라

잘난 체도 마라
많은 척, 아는 척도 마라
함부로 우쭐대거나 왕년을 노래하지도 마라.

국물과 건더기

모질게 힘겹던 보릿고개,
쑥이랑 푸성귀 잔뜩 쑤셔 넣고
한 솥 끓여 훌훌 마시던 그때
멀건 국물에 수제비 겨우 몇 덩어리

끼니 굶기를 밥 먹듯 하다가
그거라도 채우면 눈물 나게 고마웠지

허기진 껍데기 뱃살 움켜잡고
그냥 이대로 굶어 죽을 순 없는 노릇

온 들판 이 잡듯 샅샅이 훑고 뒤져
씨가 마르도록 캔 나물이 고작이었네

먹거리 넘쳐 나는 요즈음,
맘대로 골라 실컷 먹으면서도
짜증 부리고 밥투정하는 철부지들아

아,
창자 들러붙도록 사무친 굶주림
미친 듯 헤맨 발길 북받치는 설움이여.

그곳을 향하여

높푸른 하늘을
훨훨 나는 독수리처럼
드넓은 바다를
거침없이 누비는 고래처럼
내달리는 길이
너무너무 거칠고 험할지라도
꿈과 소망이 향하는 그곳을 보면서 달려간다

가도 가도
끝없는 고단한 길일지라도
해도 해도
한없는 고통스러운 여정일지라도
활활 타오르는
쉴 새 없는 도전과 투쟁으로
열망이 기다리고 머무는 그곳을 향해 간다

꿈과 소망이 향하는
그곳을 보면서 달려간다
열망이 기다리고 머무는 그곳을 기리며 간다
끝끝내 가고 또 간다.

석양은 다시 뜬다

석양은 고단하다
어렵고 힘들어 피곤하다
아무리 그래도, 아침이면 다시 뜬다

언제나 밝고 환하게 미소 지으며
항상 눈부시고 찬란하게 빛나면서
온 누리를 따뜻하게 비추고 어루만진다

자식을 사랑하는
어버이의 인자한 손길처럼
영겁의 길이 지치고 힘겹지만 내색조차 없다

고요히 쉬고 싶지 않으랴
평안과 자유가 그리웁지 않으랴
아침 없는 긴 긴 잠을 소원하지 않으리오

실로 거룩하고 숭고한 사명에 불타는
이글거리며 작렬하는 위대한 광명-
광활한 우주의 온갖 삼라만상이
오로지 밤새도록 절절히 기리고 흠모하거늘
어찌 잠시라도 당신의 안위만을 좇으리오

여명의 태양은 어김없이
영롱하면서도 힘차게 아침이면 솟구쳐 오른다.

금낭화

자비하신 부처님 기리는
정성껏 달아놓은 봉축등 행렬처럼
어여쁘게 불 밝힌 호롱불 행렬이여

수줍어 떨군 고개 새색시처럼
보고픈 그린 임 애타게 기다리느뇨

한사코 잊지 못해
가슴 절절히 태우고 태우다가
외롭고 슬픈 영혼
사모하는 마음 그리고 기리다가
못내 사무치어 송이송이 환생하였나

하늘하늘 스치는
바람결 살랑살랑 옷깃 나부끼는
고상하고 우아한 사랑스러운 모습들
볼수록 곱디곱고 너무너무 아름다워라.

꽃의 눈물

그대여 울지 말아요
어찌 그대만의 잘못이겠는가
미친 듯 덤벼드는 벌 나비들 불장난일 것을

거짓과 진실을 가리는 게임은
심신과 영혼까지 갈기갈기 찢어발긴 채
끝 모를 파멸의 나락으로 잔인하게 몰아가고,

아, 이럴 거면,
이토록 서글프고 고통스러울 바에야
아무런 향기도 없기를 기도하며 통곡하거늘,

꽃이라서 흘려야 하는 눈물이라면
차라리 길바닥에 뒹구는 돌멩이가 나을 것을,

번뜩이며 달려드는 날카로운 눈길이 무서워라
소름 끼치도록 싸늘하여라.

기도의 등불

크고 밝게
반짝이는 별이 되기를
어둠을
환하게 밝히는 빛이 되기를
희망 속에
자라는 소중한 나무이기를

자비로운 마음과
손길로 감싸시고
정성을 다하시어
밤낮없이 챙기시며
지극한 사랑으로
고이고이 보살피시는

뜨겁게 타오르는
기도의 등불이여
언제나
변함없이 작렬하는 불꽃이여
이글이글
끓어 넘치는 헌신과 희생이여.

기생충

배불리 먹어야만 한다
아무리 힘들어도 끝내 살아남아야만 한다

그래서 지긋지긋한 굶주림은 싫다
거드름피우는 가진 놈들한테 들러붙어
끼니마다 기름지게 포식하며 지내고 싶다

그러니 비실비실하는 놈들은 가라
우리만 살아남겠다는 건 절대 아니다
함께 살아야 생명도 지킬 수 있지 않은가

꼴도 보기 싫다
무시하고 욕해도 좋다
죽이고 싶도록 밉고 싫어
악착같이 쫓아내며 잡아 죽여도
우주 끝까지 영원토록 살아남을 터이니까

누가 뭐래도
세상의 종말이 온다 해도
우리는 당당하게 우리의 길을 갈 것이다

우리한테도
끝까지 살아남아야만 하는 사명감이 있다.

길과 문

걷고 또 걸어라
두드리고 또 두드리라

그들은,
그대 발길이 이르기를
그대 손길이 다다르기를
저만치서 항상 기다리고 있거늘,

또한,
그댈 반갑게 맞기 위해
푸짐한 잔치도 마련하고 있거늘,

주저하거나 망설이지 말며
미리 겁내거나 두려워하지 말라
언젠간 반드시 다다르고 열리리라.

깨어나라

그대들이여
이제 그만 일어나거라
깊은 잠에서 깨어 새롭게 다시 태어나거라

썩어 문드러진 끼리끼리에서
더럽고 추악한 논리의 틀 안에서
고상한 척 나대는 오물 같은 사유에서
자기만 우아한 척 떠벌리는 구린내 속에서

악취 진동하는 고리타분함
맑고 푸른 냇물에 말끔히 씻어버리고
강과 바다에서는 손을 맞잡고 밝게 만나자

다시 깨어나라
껍데기를 뚫고 나오는 병아리들처럼
낡은 껍질 깨부수고 새로운 모습 태어나거라.

누구에게나 자신만의 하늘이 있다

우주의 별들을
다 가질 순 없어도
저 찬란한
태양을 품는 건 자유이며
넓고 푸른
바다를 지닐 순 없지만
거친 파도 헤치며
달리는 건 맘대로다

심혈을 쏟는
도전에 기회가 오듯
아무리
험하고 힘들어도 쌓고 일구며
활활 불타는 열망의 언덕을 보며
지치고 고단해도
투쟁을 멈추지 않는다

누구에게나
자신만의 하늘이 있어
저마다
소중한 꿈을 향해 달리고 가꾼다.

꽃보다 당신

눈비에 젖고
거센 바람 흔들리면서
쓰러지고
아파서 울고 발버둥 치면서도
같이 손잡고
굽이굽이 걸어온 한세상이여

내디딘 걸음걸음
눈물과 한숨이었고
모질고 고달파
숨 막히는 몸부림이었소
아, 어찌 이다지도
지치고 힘겹단 말인가

꽃 같던
당신 모습 온데간데없어라
돌고 돌아
흘러 흘러 노을빛 물들었다만

아, 그래도 당신이
꽃보다 멋지고 아름답소.

꽃이 져야 열매를 맺는다

피었다 스러짐이 품은 뜻이요 길이라만
아름다운 자태 사라진다 하여 슬퍼 말며
덧없는 향기 못내 아쉬워 아파하지 마라

보듬고 어루만지는 입술과 따사로운 손길
고이고이 깊디깊어 영원이고 싶다 하여도

순리를 좇는 여정 어차피 정해진 길이거늘
마침내 갈 길 잠시라도 지체할 수 있으랴

끝도 한도 없이 새롭게 신비로이 순환하는
멀고 머언 긴 역사를 창출하기 위함이거늘
넓고 깊은 섭리를 감히 헤아릴 수 있으랴

피고 지고, 또 피고 지고, 다시 피고 지고
그 길이 어찌 그대들만의 고달픔이겠으랴

면면히 길이길이 영원토록 이어지는 것을
열매를 맺는 위대함이 귀하고 찬란하여라.

바퀴벌레

설렁설렁 기어 다니는 모습만 봐도
소름 끼쳐 등골이 오싹하는 징그러운 놈들
이불이고 장판이고 어디를 들추나 우글거린다

피를 빨아먹는 이나 빈대도 아닌 것들
무얼 먹고 살길래 집 안 한가득 살아가는가
지배자의 권위를 뽐내며 군림하고 있다

놈들뿐이랴
점령군처럼 멋대로 행세하는 무리가 들끓는다
차지한 영역은 오직 그들 세상이요
지들끼리 병졸이고 장수이며 군주이자 황제이다
이러다가
언젠간 바퀴벌레들만이 바글거리는 때가 오리라

마침내, 그런 세상이 오면
아마도 지들끼리 대가리 터지게 싸우고 난리리라

먹을 것도 그들뿐일 터
서로 달려들어 멱살 잡고 으르렁거리고 잡아먹고…
그러다가 결국에는 한 놈도 남김없이 사라질지니,

이 세상에 영원한 건 없음을 늦게서야 깨달으리라.

꿈과 믿음

아무것도 보이지는 않지만 그래도
멈춤 없이 꿋꿋이 걷고 또 걷노라면
언젠간 결국 다다를 수 있으리란 믿음

앞으로 걸어가는 길이 어떤 길일지
평지일지 깔딱고개일지 낭떠러지일지
주저하거나 망설이지 않고 가고 가리니

매연에 찌들어 거들떠보지도 않지만
그래도 해마다 다닥다닥 익고 영그는
가로수 은행알이랑 산수유의 열정처럼

도무지 알 수 없는 캄캄한 길이어도
꿈을 향한 길이 아무리 힘들고 험해도
지쳐 쓰러지면 다시 일어나 가고 갈지니

가시덤불 풍랑이 겹겹 앞을 막아서도
큰 꿈을 앞세우고 당당하게 나아간다면
마침내 환한 불빛 떠올라 밝게 비추리라.

내일이여 오라

대체 어떤 모습일까
미리 알 수는 없을지라도
난 반갑게 웃으며
그대를 만날 것이다

살아온 지난날 속에
많이도 울었고 아팠으며
숱한 상처에 좌절도 겪었다만
그래도,
그대가 있어 이제껏 견뎌냈거늘

또다시 지치고 쓰러질지라도
오직 믿음으로 기다리는 그대여
가슴 터질 듯 설레는
꿈이자 희망이여

내일이여 오라
내일이여 오라

난 밤새워
그대 만나기를 기다릴 것이다.

꿈은 절망하지 않는다

한 가닥
희망이라도
끝끝내
붙잡고 있는 한
아무리
고통이 괴롭힐지라도
결코
포기하거나 절망하지 않는다

꿈은
오직 한 길
마침내
이룰 수 있으리라는
불길로
시뻘겋게 활활 타올라
어두운
그림자를 불사르며 빛나고

또 다른
꿈을 잉태하여
점점 더 밝고 영롱한 빛을 발한다.

나그네의 길

한없이 외롭고 쓸쓸한 길이어라
하염없이 떠도는 정처 없는 구름처럼
이리저리 헤매는 한 줄기 바람 같은

고요한 깊은 밤이어도 잠 못 드는
어느샌가 스러지는 새벽녘의 이슬처럼
머물 곳 없어 떠돌다 지친 나그네의 길

사무치도록 슬프고 아픈 길이어라
못 견디게 눈물겨운 고단한 길이어라
혼자되어 날아가는 짝 잃은 철새 같은

아, 가도 가도 끝이 없는 길이어라
아, 해도 해도 끝 모를 험한 길이어라
쉴 곳 하나 없이 방황하는 나그네의 길.

나목

소슬한 가을바람 으스스하니,
대지를 가득 채운 여백의 풍요
가진 거란 없는 나신들이지만
도리어 당당하면서 늠름하구나

떨구고 비우니 한껏 후련한 듯
몽땅 털어내니 마냥 개운한 듯
신선인 양 여유롭고 초연하여라

이제야 알겠어라
숨 막히게 탐했던 풍성한 푸르름도
알록달록 아름다운 황홀한 치장도
한낱 지난날의 덧없는 꿈이었음을

이제야 느꼈어라
진정한 여유는 텅 빈 홀가분함임을

아, 이제야 깨달았어라
초라함 속에 넘쳐흐르는 희열 있음을.

꽃길

알록달록 곱디고운 맵시에 홀려
그냥 슬몃 스치는 듯 지나쳐 가지만
가슴 활짝 열고 방실방실 웃으며 반긴다

날아드는 벌 나비들 어루만지는 척
살그미 꿀만 훔쳐 얼른 도망칠지라도
가슴 터질 듯 설레는 양 인연을 보듬는다

멋진 아름다움 뉘라서 탐하지 않으랴
눈마다 가슴마다 영혼마다 미치고 환장해
좀 더 가까이 좀 더 깊숙이 파고드는 것을

피고 지는 소중함을 고이 간직한 채
밝게 웃는 향기롭고 아리따운 모습들은
따사로운 가슴과 해맑은 눈빛 주고받는다

소중한 송이마다 보배로운 우주가 들어있다.

나무 의자

살그미 바람을 쓰다듬는다
구름과 아지랑이와 안개도
가슴팍을 열어젖히고 한 아름 끌어당긴다

숲이나 들녘 길가
그 어느 자리에 있든지
드넓은 하늘 지붕처럼 떠받치고는
잠시 잠깐이라도 쉬어가란 듯 얼싸안는다

비록 어느 한순간에
그냥 스치듯 무심코 지나는 길손일지라도,

거센 비바람이 뺨을 후려갈겨도
차디찬 함박눈 가득히 무겁게 지지 눌러도,

찾아준 발길이 한없이 고마운 듯
나그네 쉼터로 온몸을 아낌없이 내어준다

하늘과 땅을 아우른 채 한결같이 당당하다.

날파리의 꿈

제정신일까
죽자 살자 덤벼드는 저 처절한 몸부림들
모험인가. 도전인가. 발악인가. 환호인가
한순간 무덤이 될지도 모르면서
덤비고 또 덤비고 악착같이 달려드는
오직 한 길, 끝내 포기할 줄 모른 채 달라붙는,

일생의 열망일까, 불빛의 향연을 향한
활활 불사를 것 같은 들끓는 열정 하나
당장 일어날지도 모를 섬뜩한 위기쯤이야
아예 관심조차 없다는 듯
전혀 주저하지 않고 갈수록 줄기차고 모진,
당당하게 투쟁하는 저 결투는 대체 뭐란 말이냐

조금이라도 몸을 사린다면
소름 끼치도록 필사적이며 용맹스럽지는 않을 터,
어쩌다 홀린 것이거나 아마도 미쳐버린 것이리라
홀연히 미쳐버릴 것처럼 황홀하여
무작정 들이받고 달라붙는 오기는 아닐까
최후의 파국이란 위기를 까마득히 모르는 채
일순간 사라져버리는 물거품 같은 환상은 아닐지
아, 그 또한 기어코 가야만 하는 길이라면-
결코 후회하지 않을, 그대들만의 영롱한 꿈이리라.

황제의 꿈

자그마한
시골 부락 이장 반장 자리도
논두렁 정기나 조상님 은덕을 받아야지요

하물며
졸개의 대빵이나 거지의 왕초도
아무나 할 수 있는 그런 감투가 아니거늘

심지어
엄청난 권력을 휘두르는 황제야
하늘의 뜻이 아니면 꿈이나 꿀 수 있으랴

그런데도
서로 지가 하겠다 쌈박질이다
그게 어떤 자린데 하고 싶다고 되는 건가

이글대는 탐욕은
한도 끝도 없어 아마도
지구를 몽땅 차지하고도 더 갖겠다 하리라.

넋

만남이란 무엇인가요
이별이란 무엇인가요

사무치는
그리움 잊지를 못해
홀로 우는
아픔이란 웬 말인가요

눈물이란 무엇인가요
통곡이란 웬 말인가요

둘이서
함께 손을 마주 잡고
사랑과 행복을 노래하고 싶어라

아, 넋이라도 하나 되어
서로 기대고서 영원히 영원히,

아, 죽어서라도 하나 되어
서로 보듬고서 같이 있고 싶어라.

노부부 이야기

좋아하면서도 좋아해요 한 마디 못하고
사랑하면서도 사랑해요 한 마디 못한 채
고단하고 아픔에 슬픔에 눈물 흘리는데도
여보 미안해요 고맙구려 너무 많이 힘들지요

위로의 말이 뭐가 그리도 힘들었는지 몰라도
천 마디 만 마디보다 마음 하나면 되는 줄 알고
그저 그렇게 살아온 날들 어언 반백 년이 흘렀구려

이제서야 돌아보니 바보처럼 살았구려
좋아하면 좋아한다 다정히 손도 잡아주고
사랑하면 사랑한다 업어주고 안아주면 될 걸
여보 미안해요 고맙소 그간 너무나 힘들었지요

큰맘 먹고 들려주고 싶지만 암만해도 못 하겠소
첨에 만나 서로 굳게 다짐한 약속이나 잊지를 말고
얼마 남지 않은 여생이라도 고이 살피며 지켜냅시다.

노예

자신한테
노예 아닌 인간은 없다
꿈과 생명의 파수꾼으로 살아가기 위함이다

이 세상에서
노예 아닌 인간은 아무도 없다
지겹도록 서글플지라도 어찌할 방도가 없다

짊어진 사명이자 타고난 운명인 걸 어이하랴

몸소 그 길을 찾아간다
기꺼이 미소 지으며 춤추는 이도 많다
스스로 길을 골라 보란 듯 가고 있는 것이다

그 길이 차마,
눈물겹도록 고단하고
아, 숨 막히게 힘들지라도
이를 악물고 끝끝내 참고 견디며 가고 있다

누군가가 미치게 좋아 가기도 하고,
또 어떤 이를 죽도록 사랑하기에 그렇게 산다
노예다운 노예처럼.

눈빛

일렁이는 영롱한 거울 속에는
시뻘건 사랑과 정성이 활활 타오르고
밤을 새워 우린 붉은 피눈물이 끓고 있다

심지어 미어지고 찢어질지언정
가슴과 영혼으로 태우는 고통 속에는
변함없는 기도와 열망의 불길로 가득하다

고된 한평생을 오직 한 길
불길을 향해 덤벼드는 불나방처럼 살아내며

온전히 바쳐야만 하는 길인데도
그 길을 가지 않고는 도저히 견딜 수 없고,

고이고이 얼싸안을 수만 있다면
차마 눈물겹도록 모질고도 험난한 길이건만

아낌없이 자신을 내던지고
불사르는 그 길을 망설이거나 서슴지 않는다

언제나 따뜻하고 그윽한 눈빛-
곱고 어여쁜 꽃보다도, 아름다우며 향기롭다.

가장 소중한 시간은 바로 지금이다

억겁의 세월 속에
가장 값지고 소중한 때는,
과거나 미래가 아닌 들끓고 요동치는
생동감 출렁이는 지금인 것을

무지갯빛 꿈과 소망은
미래를 향한 예측 가능성이요
보다 나은 앞을 지향하는 목표일지라도,
현재의 가치를 발판으로 출발하기에
순간마다 멈춤 없이 오가는 순환 속에
지금이 가장 긴요하다

변화는 새로운 미래를 낳고,
보다 나은 변화의 물결이 날로날로,
파릇파릇 새잎은 점점 짙게 푸르러져
짙푸른 녹음으로 하루하루 풍성해지듯
심혈을 다 쏟아 도전하는 지금이야말로
가장 멋지게 활용할 수 있는 절호의 시간이다

영원히 같은 시간은 오지 않는다
한 치 앞도 모르는 미래
막연하고 불확실한 무대
오늘만이, 오로지 바로 지금 이 시간만이…
멈춤 없는 흐름 속에 가장 소중한 시간인 것이다.

능수버들

간지러운 살랑바람에
청아한 피리 소리

한들한들 춤을 추는
연둣빛 실가지 물결
가냘피 휘어져 굽은 허리
한 많은 춤사위여

숱한 아픔 온갖 설움
무던히 힘들었으련만
다소곳 땅을 보며
너울너울 밝게 웃음 짓네

치렁치렁 긴 머리채
물결일 듯 찰랑거리며

어울리어 얼기설기
서리고 맺힌 사연들이여.

임의 소식

달빛 밝은 그윽한 밤,
수줍어 나 모르게 살며시 오실 것만 같은,

모처럼 찾아오신 임,
기다리다 지쳐 잠든 내 방 창문
열까 말까 망설이다 그냥 가실 것만 같아,

숱한 밤
꼬박 지새우며 기다리건만
아, 불타는 가슴, 아시는지 모르시는지
깊은 밤 짝 잃은 소쩍새 울음소리 서글퍼라

텅 빈 것만 같은 이 내 영혼
어루만지고 채워줄 그리운 내 사랑 그대여

그대 소식을
간절히 기다리는 마음만으로도 마냥 설레니,
그대 오시길
밤새워 기도하는 영혼만으로도 행복이거늘,

그리운 임이시여
아, 그대는 내 생명
영원토록 보듬고 살아갈 소중한 열망이어라.

더도 말고 덜도 말고

출출한 김에 마시고 먹으니
어찌 이리도 하나같이 꿀맛이란 말인가

천마산 내려오다 매점에 들러
시원한 막걸리 한 사발에 우동 한 그릇
그리고 부드럽고 깔끔한 원두커피 한 잔

한가득 피어나는 행복한 마음
붕붕 날아갈 것만 같은 알딸딸한 기분
부러울 거 하나도 없는 터질 듯한 포만감

햐아! 좋구나!!
여기에 그 무얼 더 바라겠으랴
그래, 더도 말고 덜도 말고 요만만 하여라.

동행

아마도 함께한다는 것은 이런 뜻이겠죠
그대와 나 둘이 서로 만나 맺은 것처럼

마음과 꿈을 한곳에 모아 손을 맞잡고
소중한 축복 하나가 되어 같이 걷는 길

노오란 민들레꽃들 미소 지으며 반기듯
무수한 별들 총총히 어우러져 불사르듯

꽃밭일지 사막일지 아랑곳하지 않고서
무작정 퐁당 뛰어드는 청개구리들처럼

웃다가 울다가 비바람에 젖거나 휘다가
엎치락뒤치락 뭉개지거나 찢기어지다가

어렵고 힘들 때마다 약속을 되짚어보며
오롯이 고이고이 사랑하는 순애보의 길

목숨보다 고귀한 인연 끝끝내 끌어안고
이해하고 헤아리며 길이길이 보듬는 길.

들꽃 향기

아무도 거들떠보지 않아도
그 누구도 관심조차 없어도
설레고 벅차오르는 꿈 펼치리라

하물며 심지어는,
모질고도 잔인하도록
폭풍우 들짐승에 짓밟힐지라도
끝내 참고 견뎌내 밝게 웃으리라

가는 길 그 누가 막을 것이냐
기어코 이루려는 뜻 어찌 꺾으랴

한 올 한 땀 정성으로 일구듯
곱디곱고 환하게 한가득 채우리라

아,
차마 그 길이 굽이굽이
눈물겹도록 고통스러울지라도
그윽한 향기로 가득 차게 하리라

모두 다 취하여 춤을 추게 하리라.

때려잡는 솜씨

목숨 건 치열한 결투일수록
온갖 전술과 계략을 총동원해서라도
무조건 이겨야 한다는 논리가 맨 먼저요 으뜸이다

9단보다 10단이 좀 더 고수이듯
단수가 높을수록 이길 확률이 클진 몰라도
상대를 한 방에 보내는 주특기는 다를 수도 있다
술수와 반칙이 난무하는 경기일수록
꼴불견에 추잡스러운 작태가 맹위를 떨치기 마련이며,

말재간이 워낙 뛰어나거나
오함마 같은 쇠주먹을 휘두르거나
걸출한 노하우와 무기로 상대를 골로 보내야만 한다

웃으며 다투는 우아한 경기는 없다
품위를 지키며 고상하게 싸워 이기는 경기도 없다
있는 독 없는 독 살 분무기처럼 뿜어대며
눈깔을 부릅뜨고, 바드득바드득 이를 갈아야만 한다

치사하고 더럽고 비겁하면 어떤가
골로 보내고 때려잡는 솜씨만 끝내주면 그만 아닌가
하여간, 이기는 게 장땡이다.

마음의 길

어서 가자 서두르나
내디딘 발길이 무겁다
아스라이 보이는 머나먼 데까지
언제쯤에나 다다를 수 있단 말이냐

속히 오르자 서두르나
막아서는 풍랑이 사납다
아득 멀고 먼 높고 험한 곳까지
언제쯤에나 오를 수가 있단 말이냐

가고 또 가고,
오르고 또 오르는,
갈수록 지치고 고단한 나그네의 길

마음은 가까우나
가는 길은 점점 더 멀어지니,
아, 언제쯤에야 멈출 수 있단 말이냐.

막걸리 한 사발

속이 출출하거든 막걸리 한 사발
목젖이 컬컬하거든 막걸리 한 사발
친구들 둘러앉아 정 나누며 즐거웁게
착착 감기면서 스르르르 넘어가는 시원한 맛

가슴이 뻐~엉 뚫리도록 벌컥벌컥
가족들 한자리에 모여 사이좋게 오순도순
인생이 별거더냐 막걸리 한 사발에 족한 것을

출출하걸랑 마시자 막걸리 한 사발
컬컬하걸랑 들이키자 막걸리 한 사발
무거운 짐은 잠시 벗어 던지고 꿀꺽꿀꺽
사랑도 미움도 바람에 구름 가듯 흘러가는 것을.

아무리 힘들어도

가다가 멈출 수는 없습니다
하다가 그만둘 수는 없습니다
오르다가 내려갈 수는 없습니다

갈 곳까지 기어코 다다르고
마칠 때까지 끝끝내 나아가며
꼭대기까지 오르고 올라야 합니다

그렇습니다
아무리 힘들어도
주저앉거나 쓰러져서는 안 됩니다

어찌 어렵지 않겠습니까
어찌 지치지 않겠습니까
어찌 슬프고 아프지 않겠습니까

아무리 그래도 끝장을 봐야 합니다.

몸뻬

뭐니 뭐니 해도
넉넉하고 푸짐해서 좋아라

엉덩이
추욱 처지고 펑퍼짐해
보기엔 조금 촌스럽긴 해도

얼른 구부렸다 폈다
서둘러 앉았다 일어섰다
삽시간에 늘어나거나 줄어들어

쉴 겨를 없는 바쁜 농사철
비지땀 덜 차고 감김 또한 적은

힘든 일, 허드렛일할 때에
헐렁한 허리춤이랑 편한 가랑이

너그러운 맘 지닌 통 큰 가슴 같은.

묘한 관심

불이 인다

끄면 끌수록
밟으면 밟을수록
그만 그만 외칠수록
안 돼 안 돼 울부짖을수록

시뻘건 불꽃은
점점 더 활활 타올라
좀 더 가까이에 머물기를 갈망한다

그만! 그만!
안 돼! 안 돼!

잘못인 줄 알면서도
길이 아님을 잘 알면서도
마음은 점점 더 가까이로 다가선다.

미쳤다

멀쩡한 듯
정상이 아니다
삐뚤빼뚤 삐딱한 말과 행실들

이글거리는 분노
치밀어 오르는 격정
활활 불타는 증오와 저주
펄펄 끓어 넘치는 오기와 불통

도무지
앞이 보이지 않는다

발광하는 미친 짓들
난무하는 패륜과 만행들,
혼돈과 파멸로 꽉 찬 터널이다

미쳤다.

무조건

피도 눈물도 없다
똥보다도 더럽고 구역질 나며 독하다

생사의 갈림길 혼탁한 선거판에서는
원칙도 도리도 양심도 쓸모없는 사치품
과정이야 어쨌든 오직 승리를 쟁취해야 한다

목표는 단 하나 온갖 야비한 술책에
음흉하고 교활한 전략을 구사해서라도
반드시 이겨야 하는 살벌하고 냉혹한 결투장

패자의 넋두리는 한낱 구차스러운 변명
사악하고 파렴치해도 어쩔 도리가 없다
무조건 살아남아야 하는 명제만 있을 뿐이다

선의의 경쟁이 아닌 악마들의 전쟁터요
눈물겹도록 처절한 증오와 저주의 싸움판이다.

미소만으로도 고와라

티 없이 맑은
갓난아기의 눈망울에
반짝반짝 피어나는 소리 없는 예쁜 미소여

수줍은 가슴팍을
열까 말까 한참 망설이는 듯
고요히 미소 짓는 숫눈 같은 목련화들이여

곱디고운 모습모습
뽐내며 자랑이라도 하는 듯
활짝 웃고 있는 다채로운 들꽃들의 향연이여

밤하늘 총총히 빛나는 무수한 별꽃송이들
한겨울 흰옷 걸쳐 입고 숲에 가득한 환한 미소

아무 말 없으면서도
그대의 은은한 미소 속에는
감미로운 향기가 그윽이 넘실거리고 있나니,

어디서나 그대들 미소만으로도 고와라
온 누리에 가득 찬 듯 아름다우며 황홀하여라.

미소의 칼날

장미의 가시를
탓하려는 것이 아니요
오직 터질 듯 붉은 열정이 그리운 것입니다

어느새 시든
목련이 허망해서가 아니며
눈부시게 빛나는 순백의 순정을 흠모합니다

서산에 기웃거리는
석양이 아쉬워서가 아니고
찬란히 떠오르는 영롱한 여명이 그립습니다

맑게 미소 짓던
모습이 사무쳐서가 아닙니다
상냥하고 따사로운 포근한 가슴을 안아봅니다

사랑을 노래하는
새들의 합창은 그대로인데
아, 이미 사라진 한 송이 들꽃을 보지 못함이…

마음과 영혼을
전부 주고서도 얻지 못하는,
차갑고 서늘한 가슴이 쓸쓸하고 외로울 뿐입니다.

바람의 결

쉴 새 없이 부는 바람은
단숨에 짓이길 듯 밀쳐낼 듯, 살살 어르는 듯

겁에 질려 웅크린 비둘기 주변을
눈깔 부릅뜬 솔개 무리가 기회만 노리고 있다

약자가 강자를 이길 순 없고,
바람이 불면 부는 대로 눈치를 살펴야만 한다

오랜 세월 견뎌냈으니
어지간히 이골이 나 두려울 것도 없다
참다 참다 부아 나면 이판사판 물어뜯으면 된다

까불고 발광하는 거야 지들 맘이지만
뿔난 쥐새끼 고양이한테 달려들어 콱 물듯
시건방이 지나치면 그냥 두고 볼 수만은 없다

고요를 바라는 비둘기를 에워싼 채
탐욕스러운 바람의 결들이 그냥 놔두지를 않는다

걸핏하면 까탈스럽게 들들 볶고
으르렁거리면서 시비 걸고 걷어차며 윽박지른다
개망나니처럼 제 버릇 개 못 주고 고약하다.

반곡지

맑고 파란 물, 다채로운 뭇 나무들
하늘마저 담뿍 품어 한데 어우러진 곳
물거울에 비친 그윽한 풍경화는 무릉도원이어라

물안개 살짝 하늘거리는 날들에는
어느새 파릇파릇 초록 물결 넘실거리고
수줍은 연분홍 복사꽃 화사히 미소 지으면
노니는 청둥오리 떼 어울리어 사랑을 속삭이는 듯

온갖 풍상 오래도록 견딘 왕버들이
휘늘어진 가지마다 신록으로 너울거리면
물속으로 고단한 몸들 담근 채 더위를 식히는 듯

모르게 살며시 다가와 물든 단풍잎
짙푸른 싱그러움 대신 울긋불긋 색동옷에
이젠 아무 미련 없이 비우고 버릴 때 기다리는 듯

다 털어버린 나목의 쓸쓸함 속에도
또다시 새로운 시작을 묵묵히 기원하나니
어느샌가 서둘러 올 따사로운 봄날을 기다리는 듯

아름답고 신비하여라, 천국이요 낙원이로세
기웃거리는 모습들 빠짐없이 한가득 쓸어 담은
그대 청량할 길 없이 너그러운 깊고 너른 가슴이여.

방황하는 영혼

서럽도록 텅 빈
그대로 있다간 미쳐버릴 것만 같은

차디찬 무서리 내린 듯 서늘한 가슴

도저히 견딜 수 없는 외로움과
넘실넘실 밀려드는 사무치는 공허함

아, 넘치도록 채우면 채울수록
가지면 가질수록 점점 더 갈급하여,

길 잃은 철새처럼 방황하는 영혼이여.

산 넘고 물 건너

가고 또 간다
바람 구르는 길을 따라서 걷다가
구름 이고 지고서 어울리어 가다가
시냇물 굽이치어 흐르듯 돌고 돌아서
가고 가고 간다

가고 또 가리라
한평생 쉼 없이 가고 또 가야 하는
눈물과 아픔을 이겨내야 갈 수 있는
산을 넘고 물을 건너가는 사나운 길을
가고 가고 가리라.

별들의 꿈

밤하늘 반짝이는 별들한테는
어떤 꿈들이 있길래 그토록 밝게 빛날까

은은하고 초롱초롱하여
어둠을 밝히는 환한 등불이어라
총총히 가득 피어난 우주의 꽃밭이어라

한껏 부푼 꿈을 향해
저마다 설레는 소망을 지니고 있을지니,

좋아하고 사랑도 하리라
자유와 평화를 만끽하면서
끝도 없이 펼쳐진 우주 공간에서
품격과 아름다움을 보란 듯이 뽐내리라

언제나 밝은 눈빛에
환하게 열린 가슴이기를,
어둠 속 악마와 괴물을 향해 절규하리라.

별보다 그대 눈빛

눈부시게 아름답다는 말로는
밝고 그윽한 그대의 눈빛이 아닙니다

동백꽃처럼 예쁘다는 말로는
목련화처럼 청순하다는 말로는
수줍은 듯 붉힌 맑은 얼굴이 아닙니다

밤하늘 별빛보다 반짝이는
그대의 그 초롱초롱한 눈빛 속에는
꽃에서 찾을 수 없는 향기가 넘쳐나고
꽃에서 느낄 수 없는 미소로 가득합니다

소리 없이 웃는 환한 얼굴은
잔잔한 호수 남실거리는 물살인 양
몽글몽글 피어오른 목화처럼 포근합니다

마음을 살며시 스치는 미풍이요
가슴에 스미어 어루만지는 물결이며
영혼에 속삭이는 사랑의 세레나데입니다

별보다 그대 눈빛이 훨씬 더 곱습니다
꽃보다 그대 얼굴이 훨씬 더 어여쁩니다.

봄날이 온다

해지고 찢긴
검정 고무신 꿰매신고
겹겹이 낡은 양말
시린 발가락 참아가며
얼어 터진 떼까마귀
열 손가락 호호 불면서
눈싸움에 연날리기 추위야 물러가라 길을 비켜라

고드름 따서 먹고
얼음 조각 씹어가며
배고픔 달래려
앉은뱅이 썰매 힘껏 지치면
어느샌가 아른아른 아지랑이 타고서 봄날이 온다

냉이랑 달래 캐는
함박웃음 너머에서
살랑살랑 춤추는
댕기 머리 옷고름 속으로
진달래 개나리 피고 벌 나비들 노니는 봄날이 온다.

불타는 가슴

아, 불덩이 같은 그리움
애타게 울부짖는 고통이여
타는 듯 사무치는 보고픔이여

불길의 소용돌이 휩싸여
마그마 같은 시뻘건 용암이
가슴 가득 이글이글 끓고 있다

저릿저릿 아파 흐느끼는 영혼아

미치도록 그리운 그대 모습에
쑤셔대는 가슴 견딜 수가 없네

아, 아는가 그대는,
불타는 애모의 통곡이 들리는가.

사랑한다는 것은

그 누군가를 위해
몸소 스스로를 온전히 사르고 죽는 길이다
생명과 혼이 살아있는 듯한 명품이길 기원하며
숨 막히는 불가마에서 남김없이 사르는 장작불처럼,

오로지 진실된 소망만을 바라보며 살아가는 길
전혀 망설임 없이 뜨거운 불에 덤벼드는 불나방 같은
아낌없이 내던지는 뜨거운 열정,

시뻘겋게 솟구쳐 오르는
결코 식거나 꺼지지 않고 일렁이는 횃불 같은
활활 타오르는 불길 지키기 위해 죽도록 희생하는
눈물겹도록 힘들고 가혹할지라도 오롯이 길을 가는,

놀랍도록 눈부시고 영롱한 불꽃
비길 데 없이 아름답고 향기로운 길
그 길을 가는 불타는 열망과 기도는 늘 펄펄 끓는다

버리고 죽여야 함에도 주저하지 않으며
한량없이 베푸는 것만으로도 보람과 기쁨이 가득한 길

그 누군가를 사랑한다는 것은,
잔인하리만치 처절한, 눈물과 고통이 잇따르는 길이다.

불타는 청춘

펄펄 끓는 시뻘건 쇳물이요
활활 타오르는 이글거리는 불꽃이다

망설임이나 두려움 따위 없는
오로지 기운차고 거침없는 열정이다

가장 소중한 자산이기도 하지만
제일 눈물겨운 고통의 길이기도 하다

끝내 하지 않으면 배길 수 없는
결국 가지 않고서는 견디지를 못하는,

스스로 자신을 던져서 뛰어들며
생명을 태워야 함에도 서슴지 않는다

불길 향해 덤벼드는 부나비처럼
잠시 잠깐 한순간의 길일지라도 간다.

비나리

빌고 빌고 또 비옵기는
앞날이 부디 행복하시옵기를,

아프면 아픈 대로 슬프면 슬픈 대로
펄펄 끓다가 활활 타오르기도 하다가
촛농같이 녹아내리는 그대 향한 내 가슴
아, 어찌해야만 하나요 애끓는 이 내 눈물

빌고 빌고 또 비옵기는
앞길이 제발 평안하시옵기를,

타다 타다 한 움큼 재만 남을지라도
마음 모아 오롯이 빌고 또 기도하다가
절절 끓어 넘치는 시뻘건 용광로 쇳물처럼
아, 죽도록 끝없이 영롱한 불꽃 사르리이다

빌고 빌고 또 빌으오리다.

사기꾼

여우와 늑대는 양의 얼굴로 미소 짓고
독수리와 악어가 은밀하게 덮치고 삼킨다
웃음 속에 숨긴 화살엔 맹독을 칠하고
아첨으로 위장한 사악한 술책은 섬뜩한 칼날이다
오직 거짓뿐이다

교활한 기망일수록 달콤하고 향기로우며
비열한 속임수일수록 부드러우며 은은하다
간도 쓸개도 다 빼줄 것처럼 알랑대더니
살금살금 진화해 점점 교활해지고
마침내는 무르익은 속임수를 드러내
도리어 오장육부와 영혼까지 모조리 씹어 삼킨다

추락이다 파멸이고 침몰이다
모질도록 가혹하고 잔인하다
박살 난 사기그릇은 그것으로 끝장이다

웃는다 손뼉 치며 만세를 부른다
음흉한 몰골이 소름 끼치도록 징그럽다
무섭다 괴물이며 악마다
배신과 사기의 마지막은 처참한 눈물과 패망뿐이다.

사랑보다 뜨거운 것은 없다

시뻘겋게 작렬하는 태양 빛이
어둠을 사르고 눈부시도록 뜨거워도
차마 숨 막히게 일렁이는 영혼보다 뜨거울 수 없다

펄펄 끓는 용광로의 쇳물도
활활 타오르는 불가마의 불꽃도
미치도록 사모하는 마음의 온도보다 뜨거울 수 없다

그 얼마나
견딜 수 없이 미어지도록 그리우면
이글거리는 불덩이 끌어안고 가슴 터지게 울부짖으랴

그 얼마나
흠모하는 정이 사무치도록 뜨거우면
밤새도록 뜬눈으로 지새우며 그리운 임 기다리겠는가

아, 그 얼마나 눈물겹도록 애절하면
자식을 향한 어버이의 눈물 기도가 바다를 이루겠으랴

아, 위대하고 숭고하여라
하늘과 땅 사이에 이 같은 사랑보다 뜨거운 것은 없다.

변태

탈바꿈을 향한 변화의 물결은
새로움을 추동하는 바람을 일으키고
혁신이라는 이름을 내세우며 지랄발광 한다

새로운 게 다 좋은 건 아닌데도
색다른 것이라면 사족을 못 쓰는 족속들
바람난 수캐처럼 며칠씩 쏘다니며 외박하고,

완전변태나 불완전변태와 거리가 먼
하루 스물네 번 넘게 수시 바뀌는 괴물들은
천 년 묵은 불여우보다도 교활하고 사악하다

변태 아닌 변태보다,
차라리 구역질이 나도 변태다운 변태가 낫다
파렴치하지만 당당한 악마처럼.

산수유 꽃

와아,
밤하늘 별을 세듯
밝게 빛나는 아름다움을 본다

어느새 알아채고는
봄 마중하러 나온 것인가
가느다란 가지마다 다닥다닥
앙증스레 흐드러진 노란 꽃송이들

껍질 속에 몰래 웅크리고
그 얼마나 애타게 기다렸기에
봄날이 사무치도록 그리웠기에
화들짝 뛰쳐나와 방실방실 웃는가

한데 어우러져 춤을 추는 듯
어루만지는 봄볕이 수줍은 듯
싱그러운 봄바람에 하늘하늘 춤추는
앞다퉈 날아드는 벌 나비들 흥겨워라.

삶과 죽음

잠시 앞도 알 길 없는 길
캄캄한 터널 안처럼 보이지 않는,

기쁨과 축복으로 시작하여
안타까움과 슬픔으로 막을 내리는

위대한 삶을 희구할수록
아름답고 보람된 죽음을 염원하거늘,

여명의 태양처럼 밝게 빛나다가
찬연한 노을빛에 잠들고 싶은 열망

저 이글거리는 태양을 보라
잔인한 고통 우주를 향해 쏟아붓는,

아픔 없는 삶이 어디 있으랴
차마 처절히 견디고 끝내 참아내거늘

삶과 죽음은 다름 아닌 하나,
걸음걸음 마지막까지 마주 보면서 간다.

해와 달

해가 떠오르기를 밤새워 뜬눈으로
기다리는 것이 어찌 해바라기뿐이랴

찬란한 일출은 무수한 생명의 희망
힘차게 솟아오르는 꿈이자 열망이다

아침 해를 맞으며 새롭게 시작하여
지는 해를 바라보며 내일을 꿈꾼다

달이 떠오르기를 온종일 기도하며
기다리는 것이 어찌 달맞이꽃뿐이랴

은은한 눈빛으로 온 누리를 살피고
어루만지는 달빛은 고요한 평화이다

어둠을 환하게 밝히기를 기원하며
저마다 설레는 소망들을 일궈간다

희망과 평화는 온갖 생명들의 염원
모두 갈망하는 눈물과 울부짖음이다

벅찬 희망, 그윽한 평화여 영원하라.

서로에게

저마다 각자이면서
함께라는 대명제로 만난
서로는, 서로에게,
서로를 향하는 기댈 언덕-
그 누구도 버리거나 떠나서는 존재할 수 없는

서로가 서로에게
베풀고 헤아려야만 하는
모두 다 함께 어울리어 한 길을 가는 동행자

흔쾌히 나를 살라
너를 살리기도 하고
서슴없이 몸을 던져
이웃을 구하기도 하며
소중한 자신마저도 서로에게 아낌없이 바친다

지극히 아름답고 향기로운,
온전히 불살라 온몸으로 감싸는 따뜻한 빛이다
위대한 사랑이요 희생이다.

그대는 알리라

그대는 아는가
인간들의 모진 마음이
그 얼마나 소름 끼치도록 무섭고 잔인한가
마음만 독하게 먹으면 못할 짓이란 게 없다

까짓 모가지 자르는 것쯤 일도 아니요
팔다리 쳐내는 것은 식은 죽 먹기보다 쉽다

웃다 울다 찌푸리다 욕하다 분노하다
가슴 속에는 비수와 조롱이 번쩍거리고
머릿속에는 야비한 반칙과 흉계가 춤을 춘다

그대는 알리라
쉴 새 없이 굽이굽이 흐르는 물줄기는
탁 트인 넓푸른 바다를 향하고 있다는 사실을,

물속에 숨긴다 하여 감춰지는 것이 아니요
섞인다 하여 없어지거나 사라지는 것도 아니다

함부로 마구 버린 독극물과 쓰레기들은
언젠가는 그 실체가 속속들이 드러나고야 만다.

솔

비탈진 바위틈 작은 솔 하나
자랄수록 모진 고통 몸부림치면서도
자신이 가는 길 끝끝내 포기하지 않는다

숱한 시련 더디게 자라지만
어떻게 해서라도 살아남아야 하고
아무리 힘들어도 견뎌내야만 하기에
절대로 무리하거나 욕심부리지도 않는다

뿌리가 갈가리 찢어지고 갈라지는
눈물겹고 몸서리치는 인고의 삶에서
피눈물 통곡만큼씩만 조금씩 굵어지건만

차마 사무치는 아픔의 길이요
갈수록 점점 더 사납고 험난한 길일지라도

언젠간 큰 소망을 염원하는 듯
탁 트인 위아래를 지그시 굽어보는
한결같이 늠름한 그 모습 싱싱하고 푸르다.

수국

집 앞 뜨락 한 그루 수국 목에서
소담스러운 흰 꽃이 한가득 필 즈음에는
밤새워 불 밝히고 그리운 임 기다리는 듯

어쩜 그리도 참하고 복스러운지
숫눈 같은 살결에 터질 듯한 싱그러움
활짝 피어난 꽃마다 수줍은 양 미소 머금은,

사뭇 고와라 볼수록 아름다워라
탐스러이 달린 달덩이 같은 송이송이
해마다 누굴 위해 그리도 절절히 기도하는가.

실패하고 아파도 어제니까 괜찮다

살아있음이 고맙고 감사하다
잔인하리만치 실패하고 아팠어도
이미 지나간 어제니까 서럽지 않음은
결투할 날 오늘이 있으니 얼마나 다행인가

한순간 한순간이 고뇌의 여정인 것을
하루하루가 풍파를 헤치는 항해인 것을
어느 누군들 아픈 상처에 고통 없으리오
꼬리를 물고 담금질하는 시련과 고초임에랴

실패는, 실패 그대로 끝나지 않고
재도전을 잉태하는 굳센 디딤돌이 될지니,
아픔은, 굳게 아물어 더욱 단단해지고 질겨질지니,
지치고 슬프고 고단했어도, 그만하면 괜찮다

버거운 어제의 시간들보다
오늘이 한층 더 어렵고 힘들 수도 있을지라

내일에는, 오늘도 예외 없이 어제의 공간에 잠길지니-
정성스레 쌓아 올리는 열망의 탑돌이 될 터라.

술

사람이 술을 먹다가
서서히 술이 술을 먹고
어느새 술이 사람을 먹더니
나중에는 사람이 사람을 먹는다

스스로 자신을 먹다가
점점 옆 사람까지 물어뜯고
끝내 애먼 사람마저 씹어 삼킨다

이미 주정뱅이 되어서까지
맨날 술독에 빠져 헤맬지언정
결국 노예가 되어 살아갈지라도

술 없인 못 산다

죽기 살기 마시는
그토록 좋은 술이 쥐약이요
저승사자임을 깨닫는 이는 드물다.

숲의 비밀

향기롭고 아름다운 숲을
함부로 결딴낸 벌거숭이 시절
볼품없는 시뻘건 민둥산이었으나
빼곡히 들어찬 모습 볼수록 보배롭다

한 그루 조금만 보지 말고
풍성하고 싱그러운 전체를 보면
값지고 놀라운 의미 느낄 수 있음을,

맘대로 건드리거나 파헤치지 말고
섣불리 벌거숭이 민둥산 만들지 말고…

소중한 본향 고이고이 간직한
잔잔한 계곡물 남실대는 그윽한 곳–
태초의 비밀 그대로 보듬은 신비의 숲.

시집살이

달덩이 같던 시절
꽃가마 타고 시집와서는
눈코 뜰 새 없이 바쁜 날들
그래야 되는 줄로만 알고 살았네

층층시하 성심껏 모시랴
철부지 서방님 밤낮 시중들랴
안팎 살림살이 알뜰살뜰 살피랴
올망졸망 새끼들 지극정성 돌보랴

그런 사이 어느덧,
가는 줄도 모르게 지나간 세월
고단하고 힘에 겨웠던 나날들이여

아, 눈물과 아픔의 험한 길이었어라.

심장이 뛰는 한 희망은 있다

굽이치는 꿈의 파노라마는
쉴 새 없이 심장을 춤추게 하고
영혼의 노래 또한 심장을 들뜨게 한다

이글이글 소망을 태우는 열정은
끝끝내 발걸음을 멈추지 않는 것처럼

마침내 피우리란 꽃송이를 향한
맥박과 호흡은 쉬지 않고 약동하여
심장이 멈출 때까지 열망의 불이 탄다

초원을 달리는 얼룩말 발굽처럼
심장이 멈춤 없이 뛰는 한 희망도 뛴다.

만남

죽도록 잊지 못할 그리움이면
영원히 잊을 수 없는 아픔이면
도저히 못 잊을 슬픔과 눈물이면
안타까운 마음 그 얼마나 절절하랴

누가 만남을 소중하다 하였나
누가 사랑을 아름답다 하였는가

두고두고 그런 사랑 원한다면
그리움과 아픔을 남기지 말아요
슬픔과 눈물 또한 만들지 마세요

길이길이 이별 없는 깊은 사랑
평생토록 변하지 않는 참된 사랑

오로지 사랑하고 사랑하는,
소중한 인연을 고이고이 간직해요
아름다운 사랑을 영원토록 지키세요.

아침 해

우와!
신비한 동녘 하늘
가슴 터질 것만 같은
일출의 찬란한 황홀함이여

마침내, 장엄한 모습
불끈 호령하는 제왕인 양
밝게 웃는 눈부신 광명이어라

창공의 구름은
황금빛 드리워 반가이 환호하고

이른 아침 서둘러
꿈 싣고 노 젓는 나룻배
설레는 소망에 일렁이는 눈빛들

높낮은 산들
허리 구부리어 우러르는,
고즈넉한 아침, 들뛰는 맥박 소리

또다시 희망을 향하는 힘찬 발길들.

아픔의 여정

마음은 번뇌로 가득하여
고요와 안정을 허물어뜨리며
치유와 평안은 아픔이 기어들어
뜨락과 언저리까지 쑤시고 저리다
늘 고통에서 고통으로 이어지는 일생

처절하게 아파야 하고
가혹하도록 고통스러워야 하며
걸음걸음 눈물겹도록 디뎌야만 하는
그 길이 여정일진대, 너무나 잔인하다

하지만 그 어느샌가,
아픔은 치유에게 자리를 내주고
번민은 평안으로 모습을 달리하니
묵묵히 그 길을 가고 있는 게 아닌가

아픔 없는 삶이 있겠는가
슬픔과 눈물 없는 여정이 있으랴
미어지고 찢기지 않는 가슴이 있으랴

차마 시련과 고난의 연속일지라도
모진 혹한 지나면 꽃은 활짝 피어난다.

알곡 익는 소리

천기, 대꼬개, 장자울, 숙굴…
하루가 멀다 하고 뛰놀던 정든 부락들
내 어린 시절을 보냈던 고향 마을 이름들이다

펑퍼짐한 야산 자락 아래 자리한 우리 집은
초가지붕 흙벽이라 초라한 모습이었지만,
그래도 해마다 오곡백과 영글 무렵이 되면
누런 호박이랑 달덩이 박이 주렁주렁 열렸다

풍성하고 탐스러운 알곡 익는 소리가
논배미 밭뙈기 예서제서 아우성을 칠 때면,

뿌드득뿌드득 속살 터지는 군침 돋는 소리
툭 툭 비명 지르며 곤두박질치는 알밤 몇 톨
이리저리 마구 쏘다니며 군것질하던 곳이었다

아, 사무치도록 가보고 싶고 그리운 곳
아련히 못 잊을 추억 아롱다롱 맴도는 산천이여.

강심장

똥배짱이라도 두둑하거나
강심장을 지니지 않는다면
살아가기가 어려운 세상이다

얼렁하면 올라타야 하고
뚱땅하면 뛰어내려야 한다
어물어물은 살아남기 힘들다

올빼미가 눈깔을 굴리듯
대갈통을 자알 굴려야만 한다.

어머님, 아버님

이보다 멋진 이름이 또 있을까
이보다 고귀한 이름이 또 있을까
이보다 성스러운 이름이 또 있을까

불러도 불러도,
자꾸만 더 부르고 싶은 이름이여
부르면 부를수록,
점점 더 고맙고 감사한 이름이여

늘 자상하게 살피시고
항상 지극정성 챙기시며
고이고이 기르시는 아낌없는 희생
아 그 얼마나 힘드시고 고단하시랴

하늘이 높다 하나 은혜보다 높으랴
바다가 깊다 하나 정성보다 깊으랴
우주가 넓다 하나 사랑보다 넓으랴

아, 한도 끝도 없는…
너무너무 그리워 부르고 부르다가
영혼 얼싸안고 가슴 터질 이름이여.

어찌 이런 일이

아,
어인 날벼락이란 말입니까
기막힌 슬픔
어찌 감당하신단 말이 옵니까

어쩌다가
이 같은 참화가 벌어진 것일까요

언젠가는
누구나 떠나야 한다지만
모두가 한 번씩은 가야 할 길일지라도
이처럼 갑작스러운 사고로 가셔야만 하다니요

울부짖는 통곡 소리,
아, 갈기갈기 찢어지고,
억장이 무너져 내리는 것처럼 아프시겠지요

이제는,
고달픈 멍에 훌훌 벗어버리시고
자유롭고 평안한 안식처에서 영면하시옵기를.

얼음

겨울 유리 같은 그대는
싸늘한 몰골 그대로가 좋은가
맑고 잔잔한 호수를 꿈꾸고 소망하는가

차가운 몸짓으로
부드러운 날갯짓으로
때로는 눈이나 빗방울
한없이 너그러운 손길로
그대의 다양한 변신은 멋지고 아름답다

이글거리는 태양을 향해
눈부시게 미소 짓는 그대는
이미 가슴 한복판에 햇살을 머금고 있다

또 다른 갈 길이 열리면
비단 같은 깃털 시나브로 펼치고
새로운 모습을 한 채 새 출발을 서두른다

끝없이 베풀고 헤아리는
그대의 자비로운 손길은 지극히 위대하다
사랑이요 생명이다.

옹이

싹둑 잘리는
소름 끼치는 아찔한 그 순간

통절한 고통과 서글픔에
피눈물을 토해 감싸 안았다만
참담한 아픔을 원망하진 않았소

시련은 성장을 낳고
역경은 연륜을 쌓으며
상처는 거목 향한 진통이거늘
두려워하거나 미워하지도 않았소

영롱한 훈장 같은 굳은살은
두고두고 그 자취를 지닐 터이니
거목의 향기 오래도록 간직할지니,

당당하게 견뎌내 일구었노라
겁낼 것이란 아무것도 없음이여
온갖 풍파를 보란 듯이 이겨냈어라.

외로움

어느샌가 무시로
마음과 영혼을 차지한 채
쓸쓸함이란 악마의 행패로 고문한다

사랑이 식어서가 아니고
재물이 부족해서도 아니며
권력이나 명예가 모자라서도 아니다

그저 그냥 속절없고 공허하기만 하다

술을 퍼마셔도 잠시뿐이요
사랑을 활활 불태워도 한순간뿐이다

어느새 외로운 가슴 다시 그대로
노래하고 춤추고 기도해도 잠깐뿐이다

제아무리 어르고 달래도,
떨쳐버릴 수 없는 괴물이자 동반자인가.

울음소리

슬퍼서 우는 울음 가슴으로 펑펑 울고
아파서 우는 울음 마음으로 엉엉 울며
사랑하여 우는 울음 영혼으로 꺽꺽 운다

뜨겁게 북받쳐 오르는 안타까운 마음에
도저히 견디지를 못하여 속으로 울다가
결국에는 참을 수 없어 소리 내어 흑흑 운다

불덩이처럼 울컥 솟구쳐 오르는 슬픔에
큭큭큭 씹어 삼키는 가슴 찢어지는 것만 같다

옆에서 아파하면 꼬옥 끌어안고 슬퍼하고
그 누군가가 울먹이며 흐느끼면 덩달아 운다

아, 안타깝거나 슬픈 가슴 미어질 듯 아파라
펑펑 흘리는 눈물방울은 소낙비처럼 쏟아지고
사무친 피눈물 마를 날이 없는 어버이의 가슴

가슴과 마음 그리고
영혼마저 함께 울부짖는 용출수여
자신도 모르는 사이 주르르르 흘러내리는
참을수록 더더욱 솟구치는 소리 없는 통곡이여

활화산이 뿜어내는 시뻘건 용암을 어찌 멈추랴.

위험한 자유

독수리처럼 하늘을 날고
돌고래처럼 바다를 달리고
사랑 타령 진탕하며 놀고 싶겠지

실컷 먹고 맘껏 즐기고
사고 싶은 거 죄다 사고
하고 싶은 짓 모두 하면서
그냥 그렇게 멋대로 살고 싶겠지

신나고 즐겁고 행복할까
아마 그 짓도 금방 신물이 날 걸

갈증은 점점 더 심해져
마음은 자꾸만 엉뚱한 짓을
욕망은 보다 야한 곳을 헤매 돌며…

별짓 다 하고 욕심껏 챙겨도
가슴은 항상 텅 빈 듯 공허하거든,

한도 끝도 없는 유희와 발광은
끝내 채울 수 없는 허상일 뿐이지.

유리 벽 두 장 너머

건물과 건물 사이 뜨락이 있고
홍건하게 쏟아져 내리는 햇살이 눈부시다

맞은편 건물 천장을 밝힌 노란 불빛들
한낮 출몰한 유령의 눈알처럼 서늘한데
그 밑으로 희미한 물체 몇 움직이고 있다

어렴풋이 보일 듯 말 듯
두 개의 유리 벽이 가로막힌 그곳은
육안으로 식별하기 힘든 궁금한 공간이다

굳이 알 필요도 없다만
일부러 알려고 살펴서도 엉뚱하지 않은가

비밀스럽게 가려진 남의 속살을
요리조리 기웃거리는 행태가 꼴불견 아닐까

호기심 같은 음침한 탐닉
궁금증을 부추기는 야비한 흑심은
남의 은밀한 부위를 샅샅이 파헤치려 한다

천박한 충동일수록 더더욱 집요하다.

이유 없는 이유

이유 없는 이유가
이유 있는 이유를 지지 밟는다

거짓이 참을 짓씹어 잡아먹고
허위가 진실의 탈을 쓰고 춤춘다

타협 따위는 아무 쓸모가 없다
오직 독주와 불통만이 있을 뿐이다

여러분이여, 바라건대
그 까닭일랑 따지거나 묻지를 마라

바로 그 길만이
모두가 다 함께 살길이기 때문이다.

은혜의 강

저 넘실대는
청보리밭 초록 물결 같은
한없이 풍요로운
뜨거운 사랑의 밭 길이여
아낌없이 베풀고 보살피는 헌신과 희생이어라

스스로
험난한 길에 들어서는 순간부터
오로지
위기에서 구해야겠다는 일념 하나
어렵고 힘든 고난의 길 몸소 찾은 영웅들이여

울부짖는
아픔을 향한 눈물겨운 순애보
자신보다
먼저 이웃을 깊이 염려하는 배려
도도히 흐르는
은혜의 강을 뉘라서 막겠는가

아, 자비롭고 숭고하여라 위대하며 향기로워라.

이 세상에 사랑하지 않는 생명은 없다

부드러운 산들바람 살며시 어루만지고
맑고 푸른 강물 뭇 생명 보듬어 기르듯
지극히 따사한 사랑의 숨결이 넘실거린다

이글이글 솟아오르는 찬란한 태양을 보라
어둔 밤하늘을 밝히는 무수한 별들을 보라
곱고 향기로운 수많은 꽃들의 향연을 보라
밝고 환한 사랑의 손길이 넘치도록 가득하다

온 누리를 고이고이 감싸 도도하게 흐르는
위대한 대자연의 섭리를 거스를 자 누구냐
지극히 아름다운 애무와 포옹의 물결을
이를 데 없이 고귀한 화평의 노랫소리를
어우러져 춤추는 맥박과 호흡의 소용돌이를

소중한 생명들은 날로날로 번성하고 있다

하물며 가장 지혜로우며 영특한 인간임에랴

이 세상에 서로 사랑하지 않는 생명은 없다.

일그러진 자화상

강풍에 휩싸인 불길처럼
보수나 진보 또는 중도이거나
신념이나 철학과 싸우는 무리는
이미 집단이기주의나 무한 욕구의 노예이다

꽃마차를 타고
꽃길만을 걸을수록

흙길을 걷다
꽃길에 들어서는 순간

욕망의 바람은
무시무시한 광풍으로 바뀌며
품격을 잃은 채
일그러진 허수아비가 된다

아픔의 성취는 가치가 소중하지만
밑바닥의 슬픔을 모르면 헤아릴 수가 없다

하늘을 두려워하고 민심을 우러르라
부르짖는 함성은 눈물의 씨앗이어야 하며
허상에 매달려, 통곡하는 절규를 잊지 말라.

일탈

무더운 땡볕에
댓 발 늘어진 황소 불알처럼
축 처진
나른한 몸뚱이에 메마른 가슴
이대로는 안 되겠다
숨이 막혀 견딜 수가 없다

지나간 날들은 오로지
기어코 해야만 한다는,
맡겨진 자리를
끝끝내 지켜내야겠다는,
지치고 버거워도
참고 견뎌 꿋꿋이 헤쳐냈다만

이제는 아니다
오래 갇힌 올가미에서 벗어나
겹겹이 에워싼
울타리를 허물어뜨리고,

잃어버린 나를 찾고 싶다
마음껏 훨훨 날아다니고 싶다.

자유로운 영혼

이글이글 일렁이는 시뻘건 불길은
하늘까지 휘젓고 땅마저 발광하게 한다

들끓는 야망은 눈과 귀를 먹게 하고
불타는 가슴은 아가리를 추하게 하며
통곡하는 영혼은 시궁창 속을 헤매돈다

덜어낸 만큼씩 비울 수 있는 것처럼
버리고 비울수록 가분하고 후련해지듯
자유로운 영혼일수록 그윽하고 넉넉하다

온전히 털어버린 발가벗은 나무처럼
말끔히 깎아야지만 새털을 얻을 수 있다.

잡초

구름 속을
떠돌다가 팽개친 터전이요
바람에 날리어
모질도록 일궈낸 보금자리

사납고 거친 바람
외롭고 고달픈 길에
끈질기게
살아남아야만 한다는 믿음 하나

서럽고 힘겨워도
끝끝내 참고 견디면서
눈물겨운
숱한 아픔 사무치도록 이겨내고,

심지어,
돌무지 가시덤불에도 뛰어들어
차마 메마르고 험해도
보란 듯이 피어났네.

저 언덕 너머

보이지가 않아
아무것도 알 순 없을지라도
아마 사랑이 넘실거리고 평화로운 세상일 거야

맑은 냇물 흐르는
아름답고 풍요로운 자연
낮엔 태양이 빛나고 밤에는 별들 반짝거리는

들녘 수많은 꽃과
탐스럽게 영그는 열매들
부드럽고 정다운 대화, 배려하며 보듬는 손길

우리 모두 함께
손에 손잡고 살아갈 수 있는
눈물도 미움도 원망도 배신 따위는 없는 세상

밝은 눈빛 주고받으며
서로서로 사이좋게 살 수 있겠지
그래, 저 언덕 너머에 멋진 낙원을 일구는 거야.

태어나야만 하는 이유

곱디곱게 빛나는 밤하늘의 불꽃도
눈부시며 신비로운 상고대의 장관도
아름답게 빛나다 한순간에 스러지지만
그들에게도 존재의 이유와 소명이 있다

정처 없이 흘러가는 한 조각 구름도
풀잎을 살몃 쓰다듬고 스치는 들바람도
골짝 물 한 방울 강으로 향하는 것마저도
저마다 까닭이 있으며 가야만 하는 길이다

어느 하나라도 무의미한 건 없다
하지만 위대한 인간만큼 고귀한 건 없나니,
그것이 곧 그대가 태어나야만 하는 이유이다

한도 끝도 없이 드넓고
온갖 신비로 가득 찬 이 우주는 그대 것이다

기다리고 있다
비밀스럽게 겹겹으로 둘러친 장막 걷어치우길,

용맹스럽고 뛰어난 그대가
이 광활한 우주를 호령하는 멋쟁이 황제이기를.

제자리걸음

달려야만 한다는 집착일까
혼신의 힘으로 잽싸게 뛰어도
언제나 그대로 제자리를 맴돌고 있다

똥줄이 빠지게
발바닥에 불이 일도록
앞으로 달리고 달리는 달음박질이
허구한 날 제자리걸음이란 걸 모르는 걸까

알든 모르든,
너무 가혹하고 잔인하지 아니한가
아, 눈물겹도록 애처롭고 측은하기만 하다

어찌 다람쥐뿐이랴
많다 무수히 많다 헤아릴 수 없을 만치 많다

뱅글뱅글 고되고 외로운 나그넷길을
하염없이 돌고 도는 방랑자들이 너무나도 많다
냉혹한 덫과 올무에 갇힌 채

그냥 그러려니.

조약돌

그대와 둘이서 정답게 거닐던 오솔길은
저수지 바닷가에 이르는 시냇물 둑길

동그름한 조약돌 살짝살짝 디뎌 밟으며
은밀하게 주고받던 이야기와 약속의 말

깊은 밤 아로새긴 타오르는 속삭임마저
고요히 저수지에 잠긴 채 아무 말 없네

밤하늘 밝은 달빛은 여전히 그대로인데
길가 애기똥풀 엉겅퀴도 곱게 웃건만

그대 없는 쓸쓸한 이 길에 아롱진 아픔
조약돌 매만지며 걷던 추억 생생하거늘

사무치는 그리움에 미어지는 내 가슴아
차가운 바닷물만 방조제 쓰다듬고 있네.

죽음의 계곡

갑자기 꺼진 땅속에 용암 튜브가 흐르고
개미귀신이 파놓은 구덩이에 빠진 곤충은
몸부림치면 칠수록 점점 가운데 빠져들어
결국 잘근잘근 씹혀 끔찍한 죽임을 당한다

소름 끼치도록 음침하고 무섭다
밝은 햇살은 포근하고 따사로운데
성난 맹수들 우글거리는 죽음의 계곡은
엉망진창 헝클어진 채로 발광하고들 있다

살 것인가 죽임을 당할 것인가
살아남기 위해선 죽이고 박살내야한다
생존의 고지를 무조건 먼저 차지해야한다

잠수함을 보내 몰살시키거나
핵탄두를 날려 모조리 파멸시키거나
악마와 괴물들은 교활한 계책에 날뛰고
숨겨진 늪과 함정은 아가리를 벌리고 있다

남을 해치려면 죽을 각오부터 해야 한다
함부로 까불다가는 한 방에 가는 길도 있다.

지구촌의 가슴

슬퍼서 울고 있다
아픔에 소리 지르고 있다
부글부글 끓고 활활 타오른다

맹수들끼리
들러붙어 죽기 살기 물어뜯는다

총칼을 휘두르며
목숨 걸고 쌈박질을 하고 있다

이겨야만 한다
어떻게 해서든지 잡아먹으리라

날름거리는 독사의 혀 같은
이글거리는 가슴과 섬뜩한 눈빛

노려보는 살기 어린 낯빛에는
공존과 평화란 찾아볼 수가 없다

오직 나만 살면 되고,
오로지 나만 살아남으면 그만이다.

지금

지금이야말로,
하나뿐인 목숨까지 담보로
승부수를 던질 수 있는 시간이다
지금이 아니면 절호의 기회는 없다

어제오늘은 축복의 시간이지만
다가오는 내일은 은총의 시간이다
오직 신만이 누리는 은밀한 영역을
누구도 확신하거나 장담할 수 없다

섣불리 실망할 필요는 없다
미리 의심하거나 포기하지도 마라
어제오늘처럼 내일도 오리란 희망은
영겁으로 이어지는 신비의 섭리이거늘
간절히 기도하며 기다리는 것이다

할 일을 나중으로 미루지 말라
파랑새 날면 영영 사라질지도 모른다
소중하게 보듬고 사랑하라
바로 지금이 억겁을 잇는 징검다리이다.

짐

안고 걸머진
힘겨운 숱한 보따리 짓눌리어
수레를 메고 가파른 언덕을 오르는
우마의 목덜미처럼 처절히 압박당하고

짓무른 등짝은
가혹하도록 천만 근 억눌린 채로
거친 숨소리 목울대 짓이겨 뭉개는
쉴 겨를 없이 오르고 올라가야 하는 길

그 길이 꼭 가야만 할 길이라면
제아무리 버거운 짐, 짐, 짐이어도,
쑤시고 저린 머리 지진 날 것만 같은
차마 끝내 내려놓지 못할 무게일지라도,

얼마든지 오거라 다 짊어질 터인즉,
가리라 하리라 모조리 태워 뚜벅뚜벅
오르고 또 올라 기어코 해내고야 말리라.

처음처럼

이른 아침 첫발을 내딛듯
찬란히 솟구쳐 오르는 태양처럼,
이글거리는 뜨거운 가슴마다에는
설레며 벅차오르는 꿈과 소망들로 가득하다

굳센 다짐 속에 새롭게 출발하는
작렬하는 투지와 시뻘건 도전 앞에
두려워하거나 망설일 것은 아무것도 없다
아무리 지치고 고단할지라도 처음처럼 가리니,

갈 길을 노려보는 매서운 눈초리마다
언젠간 기필코 이루고야 말겠다는 결기가
용광로의 쇳물처럼 펄펄 끓어 넘치고
숨 막힐 것만 같은 열정으로 가득 차오르거늘,

시작이 소중하고 아름답듯,
향기롭고 멋진 끝맺음을 향한 질주 또한
피 끓는 초심으로 마지막까지 가고 또 가리라.

천둥벌거숭이

두렵다
하늘이 노하신 듯
천둥 치는 궂은 날씨에

함부로
까불고 덤벙대며
철없이 날뛰는 꼴이라니,

아마도
몰라서 그러리라
한순간 꺼지고 스러짐을.

청보리밭

풍성히 넘실대는
멋진 초록 물결
흥겨움에 덩실덩실 춤을 추는 듯

찰랑대는
머리채처럼 치렁치렁
한데 어우러 물결일 듯 너울너울

초록빛 싱그러움
한가득 머금고
터질 듯 설레는 소망스러운 춤사위여

날로 자라며
날마다 꿈꾸었으리
머잖아 곧 다가올 그 날의 환희를

열망의 기도 속에
일궈내는 보람
알알이 누렇게 익어갈 황금빛 물결.

촛불

어둠을 밝히기 위해
스스로 소중한 자신을
아낌없이 사르며 녹이는 그대여

자리를 빛내기 위해
참기 힘든 처절한 고통을
견뎌내며 몸소 불태우는 그대여

깊고 높은 뜻
두고두고 아로새겨 기리려는
그대의 그 숭고한 희생이야말로
아, 눈물겹도록 거룩하고 위대하다

귀한 몸 온전히 바쳐
장렬히 순교자의 길 가는 광명이여

그대의 그 길에 찬란한 영광 있으라

그대의 그 길에 영원한 축복 있으라.

칼

번뜩이는 검광,
안 보이게 몰래 지닌다
언제라도 꺼내 찌르고 벨 수 있도록

하다못해 무라도 잘라야지
나약하게 포기하거나 물러설 순 없다

반드시 이겨야만 하는
냉혹한 현실에 맞서 싸울 때,
결코 질 수 없는 치열한 싸움일수록…

칼을 뽑는다
널 베고 나마저 죽을지라도
다 같이 황천길 갈지라도 어쩔 수 없다

마침내
단칼에 끝장내야 하는,
냅다 휘두르는 결기 시퍼렇고 비장하다.

태양을 삼킨 가슴

그대는 불덩이
이글이글 타오르는 불꽃
작렬하는 눈빛은 영롱하고 찬란하여
세상을 다 밝히고도 남을 광명이어라

그대를 품을 수 있으면
그대를 삼킬 수만 있다면
언제나 시뻘겋게 타올라 일렁일지니
바라보는 내 눈빛 그 얼마나 그윽하랴

한결같이 포근한 손길 어루만지며
차가운 어둠 몰아내고 얼음을 녹여
어디서나 안락과 평화가 넘실거리는
비단 같은 따사로움으로 넘치게 하리라

세상을 밝히며 지키는 파수꾼이 되리라.

정죄

죄 없는 자 누구인가

몸소 정죄하는 자 순결하다
과오를 자복하는 자 위대하다
스스로 참회하는 자여 거룩하다

어느 누군들 허물과 잘못 없으랴
어느 누가 죄 없이 맑고 깨끗하랴

남의 허물을 탓하기에 앞서
자기 잘못 먼저 살피어 꾸짖거라
그런 다음 부끄럼 없거든 추궁하라

그래야 떳떳하고 당당하다
그래야 땅땅 큰소리칠 수 있다

그래야만 양심으로 웃을 수가 있다.

티끌

모른다

바보 같은 바보라 그럴까
한없이 덧없는 공허한 길에
탐욕은 한낱 먼지임을 모른다
안개처럼 흩날리는 티끌인지 모른다

바보 아닌 천재도 그렇다
바람처럼 떠돌다 가는 길에
명예는 한낱 이슬임을 모른다
자취 없이 사라지는 구름인지 모른다

펄펄 끓는 뜨거운 사랑도
죽자 살자 매달리는 재물도
모두 부질없는 꿈임을 모른다
흔적 없이 스러지는 거품인지 모른다

모른다.

파도여

미친 그대여,
끝도 없이 펼쳐진
넓디넓은 바다에서
시도 때도 없이
날뛰며 춤추는 무희들인가

수많은 말들
맹렬히 달리는 듯
독이 오를 대로 오른
맹수들의 결투장 같은

울화가 북받쳐 올라
함성에 아우성들인가
때리고 박고 헤집고
들뛰고 곤두박질치고
잔인하리만치
무시무시한 성난 파도여

아가리에 몽땅
삼켜버릴 듯한 광폭한 기세
도저히 용인할 수 없다는 듯
강퍅한 분노

싫다 밉다 더럽다
죄다 물어뜯고 찢어발기리라.

푸르른

보배로운 우주의 심장,
맑고 깊은 호수와 강물에서
끝없이 펼쳐진 하늘과 바다에서
너울너울 출렁이는 푸르른 춤사위는
들뛰는 맥박과 활기찬 숨소리 그득하다

와아!
보면 볼수록 푸르디푸른
산야에 넘실대는 초록의 싱그러움아
포실한 안식처 뭇 생명의 보금자리여
두루두루 얼싸안은 한량없는 은총이어라

한결같은 모습들이야말로
조화롭고 신비로운 무궁한 놀라운 섭리
들끓는 생동감으로 충만한,
넘치도록 싱싱하고 창대한 푸르름이여
오묘하고 장엄한 그 아름다움 장구할지라.

피 끓는 청춘

그대는 청춘,
비록 몸은 병약할지라도
가슴이 펄펄 끓으면 싱싱한 청춘이다

보란 듯 우뚝 솟아오른 노송을 보라
온갖 풍상 견디면서도 청청하고 당당하다
숱한 아픈 상처, 잘려 나간 옹이들
덕지덕지 보듬고 의연히 호령하고 있거늘,

상처 없는 나무가 있으랴
아프지 않은 들풀이 그 어디에 있겠는가

차마 힘겹고 고단할지라도
피 끓는 청춘들한테는 두려울 것이 없다

무한도전의 굳건한 디딤돌이 청춘이요
기운차게 질주하는 원동력이 청춘인 것을,

청춘들이여,
활활 타오르는 열정으로 도전하라
펄펄 끓는 시뻘건 투지 남김없이 불태우라.

피안(彼岸)

울퉁불퉁 굴곡진 길 수레바퀴는
쉴 새 없이 구불구불 덜컹덜컹 구르지

잠시도 머물 틈 없는 고달픈 여정
거칠고 험한 폭풍우를 허위허위 헤치랴

한가득 쓸어안은 버거운 짐들
불안한 미래를 향한 숨 막히는 두려움
시뻘건 욕망의 노예인 채 허덕이고 있네

보이지 않는 미지의
둔덕을 향한 그리움의 시선들
아무것도 알 순 없어도 기다려지는 그곳

눈물겨운 처절한 몸부림들
울부짖는 난세의 갖가지 고통과 번뇌…
언제쯤에나 털고 벗어던질 수가 있을까

피안을 기리는 지친 눈빛 볼수록 애처롭네.

한 떨기 소망

풀잎에 맺힌
한 방울 이슬마저도
생명을 보듬으라는 소명이 주어지듯

밤하늘을 수놓아
초롱초롱 빛나는
별들에게도 저마다 품은 뜻 있을 터,

하물며,
우주보다 귀한 인간임에랴
정성껏 가꾸는 한 떨기 소망 없겠는가.

한세상 산다는 것은

한도 끝도 없이 외로운 길이요
끊임없이 이어지는 처절한 투쟁의 길이다

거센 폭풍우는 꽃길 흙길 가리지 않고
엎치락뒤치락 진흙탕 뒤집어쓰고 발광한다

한 조각 뜬구름 같은 나그네여
드넓은 바다 거친 파도 헤쳐 가는 조각배여

잠시 잠깐 스치는 꿈결과도 같은,
한시도 편할 날 없이 몸부림치는 방랑자여

그래도, 아무리 그럴지라도
끝끝내 견뎌내야만 하는 벅찬 소망의 길이다.

한순간

길흉화복이 그렇고
부귀영화도 그러하며

희로애락마저 그렇고
생로병사까지 그러하구나

한 자락 구름처럼 흐르다가
바람과 이슬같이 사라지거늘

잠시 잠깐 스치는 꿈결 같아라.

상고대의 고통

허연 거품 물고
탓 타령하는 그대들이여
그런다고 티끌만치라도 달라지나
처량한 자신만 더더욱 초래해질 뿐,
삶이 걸어가는 가파른 고개이자 험한 굽이인 것을

산길에도 오르막 내리막이 있고
바다에도 거친 파도와
잔잔한 물결이 그 자리를 서로 주고받듯,

사납고 거친 생존의 뜨락에는
환한 웃음도 있다만 눈물겨운 고통과 슬픔도 있다
들녘의 연약한 풀잎들도
폭풍우에 아프게 꺾이고 찢기지만 참고 견디어낸다

상고대의 고통 속에도 나무들은 고고하고 눈부시며
심술궂은 꽃샘추위 속에도 산수유는 보란 듯 움튼다

수백 년 꿋꿋이 버틴 자랑스러운 노목을 보라
수많은 상처와 옹이 쓸어안고 지그시 웃지를 않느냐
삶이란 그런 것이다.

햇살

살을 에는 듯한 칼바람 부는 날
다정스레 어루만지어 감싸 보듬는
당신 손길은, 너무나 따뜻하고 포근하여라

넘치는 은총은 살피고 돌보는 축복
벅차오르는 기쁨, 우렁찬 환호의 함성
소망을 염원하는 칭송의 물결 가득하여라

따사로운 손길 머무르는 곳곳마다
밝고 환한 미소, 하나 가득 넘실거리거늘

어두움을 밝히는 찬란한 광명으로
얼음을 녹이는 끝없는 너그러움으로
한없이 고요하고 평화로운 세상 만드시기를.

허수아비

허허벌판 주름잡는 황제답게
제멋대로 휘젓고 호령하는 위풍당당 기세

감히 범접조차 못 하는 조무래기들은
눈에 꽂히는 순간 꽁무니 오므려 달아나고

비록 무법천지 통치자일지라도
무시무시한 도깨비처럼 생긴 흉한 그 몰골

강한 폭풍이 불어야 제맛이다
온몸을 미치광이처럼 마구 뒤척이며
당장 덤벼들어 잡아먹을 것만 같은 공포
얼핏 바라만 보아도 소름 끼치도록 섬뜩하다

홀로 한없이 외롭고 쓸쓸하지만
가까이하거나 반겨주는 이 하나 없건만
그래도 혼자 보란 듯 다스리시는 황제이시다.

가슴으로 우는 새

왠지 슬픈 울음일지 모른다는 느낌은
너무도 절절한 곡조 가슴을 울리기 때문이다

짝 잃은 외로움 홀로 달래려는 울음이면
깊은 숲속 헤매 돌며 찾고 부르는 통곡일지라

아, 그 얼마나,
그 얼마나 견딜 수 없이 보고 싶고 그리우면
서럽게 녹아내리는 촛농인 양 애절하단 말이냐

울고 싶거든 울거라
아프고 슬프지 않은 가슴이 그 어디 있겠으랴
미어지고 찢어지지 않은 영혼 아마도 없으리니,

지치고 아픈 가슴들은 그대와 함께 흐느낀단다.

진통

고난과 시련은 오래 머물지 않는다
숨 막히는 폭염도 오는 가을을 막지 못하며
살을 에는 듯한 혹한도 오는 봄을 막지 못한다

펄펄 끓는 용광로의 쇳물은 새 생명을 낳고
이글거리는 뜨거운 불가마는 숯덩이를 분만한다

참고 견뎌낸 모진 고초도 모자라
뼈마디 뒤틀리며, 차마 갈라지고 찢겨야지만
비로소 고귀한 새 생명이 태어나는 것처럼
눈물겹고 가혹한 진통이야말로 창조의 어버이다

고통 없는 성취란 없다
눈물 없는 완성 또한 없다
한 줌 계곡물은 스미고 후벼 파 망망대해 이르며
열정을 다 쏟은 한 올 한 땀이 마침 꿈을 이룬다

너무너무 아프고 슬프면 울어라
꿋꿋이 버티다 도저히 힘들면 통곡하라
아, 잔인하도록 지치고 고단한 인생이거늘
어찌 울지 않고 웃기만 하면서 갈 수가 있겠는가.